O Peso do Silêncio

Almeida Fernández

Estados Unidos
2024

Imprimir

Título do livro: O Peso do Silêncio
Autor: Almeyda Fernández

© 2024, Almeyda Fernández
Todos os direitos reservados.

Autor: Almeyda Fernández
Contato: boxingboy898337@gmail.com

Sua tez impecável, cabelos escuros e brilhantes caindo em cascata sobre os ombros e seu sorriso deslumbrante iluminavam o quadro. Mas foram seus olhos, de um azul profundo e cativante, que chamaram mais atenção. Angélica continuou: "Se você quiser parecer magra, bonita e tão saudável quanto eu, basta um simples pagamento de US$ 19,95 e enviarei a você um guia passo a passo detalhado sobre como alcançar o objetivo. mesmos resultados. Não espere, aja agora!"

Norbert, ainda atrás da câmera, fez um sinal de positivo com o polegar, sinalizando que tudo estava correndo bem.

"Uau!" Angélica gritou, pulando de excitação e erguendo os punhos triunfantemente. "Mal posso esperar para enviar este vídeo! Vai ser um sucesso!"

Norbert, no entanto, ficou coçando a cabeça, confuso. "Isso foi ótimo, realmente. Mas devo dizer que ainda estou um pouco confuso sobre todo o conceito."

Angélica dispensou suas preocupações com um movimento casual de mão, um sorriso confiante se espalhando por seu rosto. "Confie em mim, Norbert, você verá. Tudo fará sentido quando estiver disponível."

Alianças Inesperadas

O caloroso abraço da primavera chegou à pitoresca cidade de Pinkerton, trazendo consigo uma sensação de renovação que todos ansiavam após os implacáveis e amargos meses de inverno. A cidade, que durante tanto tempo esteve envolta num manto de gelo e silêncio, agora parecia ganhar vida com energia e cor. As crianças brincaram mais uma vez lá fora, as ruas estavam cheias da agitação dos vizinhos trocando cumprimentos, e o perfume das flores desabrochando pairava no ar, substituindo a atmosfera fria e estéril que manteve a cidade cativa durante meses.

Pinkerton era uma cidade rica em tradição, onde o ritmo de vida girava em torno de rotinas familiares – escola, faculdade e igreja. Os valores do trabalho árduo, da família e da fé eram tidos em alta conta e as expectativas para os jovens eram claras e inabaláveis. Os pais trabalharam incansavelmente para garantir que seus filhos crescessem com bom caráter, frequentassem a igreja regularmente, frequentassem a faculdade e, eventualmente, se estabelecessem para levar uma vida pacífica e respeitável. Na maior parte, os habitantes da cidade estavam satisfeitos com suas vidas simples e previsíveis.

Nesta cidade pequena e conservadora, Angélica era uma lufada de ar fresco. Como filha única de seus pais, ela foi adorada desde o início. Eles a amavam intensamente e estava claro que tinham grandes esperanças em seu futuro. Os pais de Angélica queriam que ela seguisse o caminho que muitos outros em

Pinkerton haviam seguido: levar uma vida de simplicidade, baseada na tradição, mas também queriam mais para ela. Ela era seu orgulho e alegria, sua filha linda e brilhante que parecia destinada à grandeza. Eles a mimavam a cada passo, dando-lhe tudo o que ela queria, desde a última moda até os melhores gadgets, e encorajando-a em tudo o que ela decidisse.

Desde tenra idade, Angélica percebeu sua beleza marcante. Suas feições eram perfeitas, mas eram seus olhos — aqueles olhos azuis profundos e hipnotizantes — que realmente a diferenciavam. Seu olhar poderia cativar qualquer pessoa em um instante, atraindo-a com uma intensidade que era ao mesmo tempo encantadora e desarmante. Dizia-se que seus olhos falavam muito, contando histórias de emoções e desejos sem uma única palavra. Ela conhecia o poder de sua aparência e aprendeu desde cedo como usá-la a seu favor.

À medida que amadureceu, Angélica aprimorou seus talentos e uma habilidade se destacou entre todas as outras: sua capacidade de vender. Ela descobriu que tinha um dom natural para a persuasão, um talento especial para fazer as pessoas acreditarem nela e em suas ideias. Esse talento encontrou uma saída perfeita no mundo das mídias sociais e logo Angélica lançou seu próprio canal no YouTube. O canal, inicialmente focado em beleza e estilo de vida, tornou-se um sucesso imediato. Os fabricantes de cosméticos perceberam sua crescente influência e começaram a enviar seus produtos para avaliação. As opiniões honestas de Angélica foram procuradas por inúmeros telespectadores que confiaram em seu gosto e julgamento. Suas avaliações podiam fazer ou quebrar um produto, e seus assinantes contavam com seus conselhos para orientar suas decisões de compra.

Embora Angélica tenha aproveitado as recompensas financeiras decorrentes de sua crescente presença online – ganhando comissões por vendas de produtos de beleza e conteúdo patrocinado – ela tinha sonhos maiores. Ela não se contentava em ser simplesmente uma revisora; Angélica aspirava a algo muito maior. Ela imaginou construir seu próprio império, um império que não apenas a tornaria rica, mas também a elevaria ao status de um nome familiar, muito além dos limites de Pinkerton. O plano dela era ambicioso, mas Angélica estava determinada. Ela sabia que com seu charme, inteligência e habilidades persuasivas, poderia fazer isso acontecer. E, o mais importante, ela sabia que Norbert seria quem a ajudaria a concretizar sua visão.

Norbert, um aliado um tanto improvável no grande plano de Angélica, ficou completamente cativado por ela. Em todos os seus 25 anos, ele nunca havia experimentado nada parecido com o sentimento que o invadiu quando colocou os olhos nela pela primeira vez. Norbert era um nerd em todas as definições – um tipo introvertido e estudioso que se sentia mais confortável com números e teorias do que com pessoas. Suas roupas muitas vezes eram incompatíveis, seus óculos grossos faziam com que ele parecesse ainda mais desajeitado socialmente e seu comportamento geral tendia para o anti-social. Embora seu intelecto fosse inegável, as meninas eram a coisa mais distante de sua mente. Ele preferia a companhia dos livros à de qualquer ser humano.

quando ela precisava dele, fosse para ajudá-la em uma tarefa ou para fazer alguma coisa para ela. Ela encontrou conforto em sua presença tranquila e constante.

Para Norbert, porém, estar perto de Angélica era uma luta constante. Cada vez que ela olhava para ele com aqueles olhos azuis penetrantes, ele se tornava um idiota gago. Ele tentou ao máximo esconder seus sentimentos, manter a compostura, mas foi impossível. Quanto mais perto ele chegava dela, mais difícil se tornava controlar suas emoções. Sua atração por ela era avassaladora, e ele muitas vezes ficava com a língua presa ou agindo de maneira desajeitada na presença dela.

Mas apesar do nervosismo, Angélica nunca pareceu se importar. Ela sabia que Norbert era diferente dos outros caras que entravam e saíam de sua vida. Sua natureza genuína, sua disposição em ajudar e sua silenciosa admiração por ela eram qualidades que o tornavam especial. Angélica nunca se aproveitou dos sentimentos dele; em vez disso, ela apreciava a lealdade dele. Afinal, ela era uma pessoa que exigia muita manutenção, e ter alguém como Norbert à sua disposição era incrivelmente conveniente. Ela podia contar com ele para muitas coisas, desde ajuda acadêmica até suporte logístico para seu crescente canal no YouTube. Ele estava sempre lá, sempre disposto a fazer tudo o que ela pedia.

À medida que os dias de primavera se desenrolavam, as ambições de Angélica tornaram-se ainda mais ousadas. Ela passou horas pensando em ideias para seu negócio,

Isso foi até o dia em que viu Angélica pela primeira vez em sua aula de análise de negócios. Um olhar para ela e tudo mudou. Havia algo nela – sua presença, sua confiança, sua beleza estonteante – que fez seu coração disparar e sua mente ficar em branco. Apesar de sua timidez habitual, ele não pôde deixar de se sentir atraído por ela. Mas Norbert, sendo tão desajeitado socialmente como era, lutou para reunir coragem para se aproximar dela. Então, ele fez a próxima melhor coisa: sentou-se perto dela, esperando, de alguma forma, que ela pudesse notá-lo.

Não demorou muito para que Angélica, que sempre foi confiante e extrovertida, precisasse de ajuda. Ela estava lutando com uma tarefa de casa particularmente complicada e, num raro momento de vulnerabilidade, pediu ajuda a Norbert. Isso marcou o início de sua parceria. Angélica não hesitava em pedir ajuda, e Norbert, ansioso por ser útil para ela, ficou mais do que feliz em atendê-la. Não demorou muito para que se tornassem parceiros de estudo e Norbert, para sua surpresa, passou cada vez mais tempo com ela.

Apesar de sua estranheza, Angélica passou a gostar de Norbert. Enquanto muitos outros caras a bombardeavam com clichês e frases de efeito, a sinceridade e a natureza despretensiosa de Norbert o fizeram se destacar. Angélica apreciou que ele não tentasse impressioná-la com falsas bravatas ou lisonjas. Ele era revigorantemente honesto, embora muitas vezes se encontrasse atrapalhado com as palavras na presença dela. Seu nervosismo, seu comportamento peculiar – nada disso a incomodava. Na verdade, ela achou isso cativante. Norbert estava sempre presente planejando como usaria sua presença nas redes sociais para lançar um novo empreendimento. Norbert, sempre um amigo leal, ouvia atentamente as ideias dela, oferecendo-lhe pensamentos e conselhos sempre que ela precisava. Ele pode não ter falado muito bem, mas seu intelecto era inestimável, e Angélica sabia que poderia contar com ele para ajudar a dar vida a sua visão.

Juntos, eles começaram a lançar as bases para um projeto que acabaria por mudar a vida de ambos. Foi uma parceria improvável – uma rainha da beleza ambiciosa e exigente e um intelectual socialmente desajeitado – mas funcionou. Angélica tinha o dinamismo, o charme e a beleza para captar a atenção do mundo, enquanto Norbert tinha a inteligência, a organização e o pensamento estratégico para ajudá-la a ter sucesso. Eles se complementavam perfeitamente e, à medida que continuavam a trabalhar juntos, o vínculo se aprofundava.

Mal sabia Norbert, enquanto ajudava nervosamente Angélica com seus planos e sonhos, que estava se tornando parte integrante de algo muito maior do que qualquer um deles poderia ter imaginado. O futuro era incerto, mas uma coisa era clara: juntos, eles estavam prestes a embarcar numa viagem que os levaria muito além da pacata cidade de Pinkerton.

O momento que nunca existiu

Norbert embalou cuidadosamente seu equipamento fotográfico, cada item colocado com precisão e cuidado, resultado de sua natureza meticulosa. Ele passou a tarde inteira filmando para Angélica, capturando as imagens que ela precisava para uma de suas próximas críticas de beleza. Seu coração disparou enquanto ele organizava seu equipamento; o dia foi repleto de excitação e medo, enquanto ele tentava ao máximo manter a calma na presença de alguém que o deixava nervoso sem esforço.

Angélica, com sua graça habitual, sorriu para ele enquanto recolhia suas coisas. Ela estava um pouco mais brincalhona do que o normal hoje, provocando-o levemente e ao mesmo tempo aproveitando ao máximo sua disposição em ajudar. Ao ajustar a bolsa, ela lançou-lhe um olhar que o fez sentir uma sensação de calor e desconforto ao mesmo tempo. Ela tinha um jeito de fazê-lo se sentir a única pessoa no mundo — embora isso muitas vezes o deixasse sem palavras.

"Ah, e você poderia fazer upload do arquivo de vídeo e enviá-lo para mim, por favor?" ela perguntou, sua voz suave e doce, seus olhos brilhando como sempre.

Norbert assentiu rapidamente, com as mãos úmidas de repente enquanto ele se atrapalhava com o telefone. "Certamente", ele respondeu, tentando ao máximo parecer composto, embora seu coração estivesse batendo dolorosamente no peito.

Os dois começaram a descer a colina em direção aos seus respectivos destinos. O sol começava a descer lentamente, lançando um tom dourado sobre a pequena cidade de Pinkerton. O ar estava fresco e fresco, carregando o perfume das flores desabrochando que pareciam estar por toda parte. Apesar da beleza do dia, a mente de Norbert estava consumida pelo fato de estar caminhando ao lado de Angélica, seus pensamentos eram um redemoinho caótico de admiração, dúvida e saudade.

Enquanto caminhavam, Norbert sentiu um estranho puxão no peito, um desejo tácito de fazer algo mais, de dar um passo além de suas interações habituais. Seus sentimentos por Angélica haviam crescido continuamente nos últimos meses e, embora nunca tivesse tido coragem suficiente para expressá-los, não podia deixar de sentir que queria mais. Eles já trabalhavam juntos há algum tempo e Norbert começou a notar as mudanças sutis em sua dinâmica. Já não eram apenas parceiros de estudo ou conhecidos; ele começou a cuidar dela de uma forma que ia muito além da mera amizade.

Ao se aproximarem do sopé da colina, Norbert reuniu coragem. Ele abriu a boca para dizer alguma coisa, mas as palavras pareciam ficar presas em sua garganta. Suas palmas suavam e sua garganta estava seca. Cada vez que ele tentava falar, seu nervosismo o dominava, deixando-o lutando para encontrar a voz.

"Posso..." ele começou, sua voz pouco mais que um sussurro, sem saber como proceder. Seus pensamentos se dispersaram enquanto ele tentava reunir forças para continuar.

De repente, Angélica se virou, seus olhos encontrando os dele. O mundo pareceu desacelerar por um momento. Ali, a poucos centímetros de distância um do outro, Norbert foi capturado pela intensidade do olhar dela. Seu coração acelerou e ele congelou, incapaz de se mover ou mesmo falar. O espaço entre eles parecia carregado, como se o próprio tempo tivesse suspendido seu fluxo para permitir esse momento fugaz e inexplicável.

Angélica inclinou ligeiramente a cabeça, seus lábios se curvaram em um sorriso enquanto antecipava suas próximas palavras. "Posso, uh, uh..." Norbert gaguejou, suas palavras falhando novamente enquanto ele ficava ali parado como um cervo pego pelos faróis.

"Dar-lhe uma carona para casa, você quer dizer?" Angélica perguntou, terminando a frase para ele. Ela ergueu uma sobrancelha de brincadeira, sua voz tingida de diversão.

Os olhos de Norbert se arregalaram quando ele percebeu o que estava tentando perguntar. Ele pretendia oferecer-lhe uma carona, é claro – algo simples, algo que pudesse permitir que eles passassem um pouco mais de tempo juntos. Mas agora, com ela tão perto, com os olhos fixos nos dele, ele se viu completamente desarmado. Sua mente estava em um turbilhão e ele mal conseguia reunir uma resposta.

Ele assentiu lentamente, com a boca ligeiramente aberta, o olhar fixo no rosto dela. Ele se sentiu completamente tolo – como pôde ficar ali tão sem jeito, incapaz de formar uma única frase coerente? Seus ombros caíram de vergonha enquanto ele permanecia imóvel, preso na tempestade de suas próprias emoções.

Mas antes que ele pudesse dizer mais alguma coisa, Angélica deu um passo para trás, quebrando a tensão entre eles. "Eu tenho uma carona. Até mais," ela disse, suas palavras saindo apressadas, como se ela estivesse com pressa para terminar o momento antes que pudesse se tornar mais complicado.

Norbert ficou ali, com o coração apertado enquanto a observava se virar e ir embora. As palavras que ele tinha sido tímido demais para dizer agora pairavam pesadamente no ar, não ditas e sem resposta. Ele observou a figura dela recuando, sentindo uma mistura de tristeza e auto-aversão. Por que ele estava tão nervoso? Por que ele não poderia ser normal, apenas uma vez?

Ele lutou contra as lágrimas enquanto permanecia congelado, sua mente repassando o momento indefinidamente. *Por que devo parecer tão tolo?* ele pensou, com o coração doendo. Ele enxugou o queixo distraidamente, esperando não estar babando ou fazendo papel de bobo ainda mais do que já estava fazendo. Ele deu um aceno pequeno e triste quando ela desapareceu na esquina, dizendo a si mesmo que provavelmente era o melhor. Ele nunca teria coragem de dizer o que estava pensando, nem com ela, nem em um milhão de anos.

A ideia de sua própria inadequação o assombrou enquanto ele voltava para o carro. Sua mente disparou, analisando cada momento, cada palavra que ele havia dito. E se ela tivesse falado sério quando disse "Até mais"? E se essa fosse a última vez que ele a veria fora das sessões de estudo? Ele nunca se sentiu tão pequeno em sua vida, e perceber isso o fez se sentir ainda mais sozinho.

Mas enquanto voltava para casa naquela noite, seus pensamentos foram consumidos por ela. Ele não pôde evitar. Ela era linda, inteligente, confiante – tudo o que ele nunca tinha sido. O contraste entre eles era gritante e, ainda assim, de certa forma, parecia que eles se encaixavam de uma forma estranha e inexplicável. Norbert sempre se orgulhou de seu intelecto, de sua capacidade de resolver problemas complexos e analisar situações de todos os ângulos. Mas quando se tratava de Angélica, toda a sua lógica e raciocínio pareciam desaparecer. Na presença dela, ele era uma mera sombra da pessoa que pensava ser.

E, no entanto, apesar de tudo, uma pequena parte dele recusou-se a perder a esperança. Houve uma faísca entre eles, não foi? Uma conexão que não poderia ser negada, não importa o quão estranho ele se sentisse naquele momento. Angélica sorriu para ele, olhou para ele com aqueles olhos deslumbrantes e, por um breve momento, ele sentiu algo real.

A viagem pareceu mais longa do que o normal naquela noite. A cada quilômetro que passava, os pensamentos de Norbert ficavam mais pesados, o peso de seus sentimentos não expressos pressionando-o. Ele não sabia o que o futuro lhe reservava, ou se algum dia conseguiria reunir coragem para contar a Angélica como realmente se sentia. Mas uma coisa era certa: ele nunca esqueceria esse dia, esse momento, quando tudo parecia estar no limite das possibilidades.

Nos dias que se seguiram, Norbert não pôde deixar de repassar a cena em sua mente, indefinidamente. Cada vez que pensava nisso, dava por si a encolher-se ao ver como tinha sido estranho, por não ter conseguido expressar-se. No entanto, ele não pôde deixar de se perguntar: ela também sentiu alguma coisa? Ou foi apenas ele, preso em um sonho que nunca se tornaria realidade?

Por enquanto, ele teria que se contentar em saber que, apesar de seu constrangimento e de seu nervosismo, Angélica nunca o tratara com nada além de gentileza. Talvez isso fosse suficiente – por enquanto. Mas Norbert sabia, no fundo, que um dia encontraria coragem para falar o que sentia. E quando esse dia chegasse, ele esperava que Angélica estivesse pronta para ouvir o que ele tinha a dizer.

O ALIADO IMPROVÁVEL

Mais tarde naquela noite, Angélica estava sentada à sua mesa, com os olhos grudados na tela brilhante à sua frente. A noite se desenrolou exatamente como ela esperava. Seus seguidores, cativados por sua beleza e pelas promessas irresistíveis de seu programa de emagrecimento, inundaram seu site de pedidos. O dinheiro subiu como uma maré, com clientes ansiosos para mudar de vida de acordo com o plano dela. Angélica não pôde deixar de sorrir enquanto as notificações continuavam a aparecer em seu telefone. Foi emocionante ver os frutos do seu trabalho árduo sendo recompensados.

Com o passar das horas, Angélica trabalhou incansavelmente, enviando instruções personalizadas por e-mail para cada cliente. Ela sabia o quanto era importante fazer com que eles se sentissem ouvidos e cuidados, pois isso ajudaria a construir confiança em sua marca. As notificações de novos pedidos continuavam chegando, mas também o fluxo incessante de e-mails de seus clientes. Quando o relógio bateu meia-noite, sua caixa de entrada estava quase lotada de solicitações. Exausta, mas satisfeita, Angélica finalmente terminou de enviar seu último e-mail.

Seu corpo parecia que poderia desabar, mas sua mente ainda fervilhava de excitação. Ela afundou na cama, esperando ter uma boa noite de sono, mas isso não aconteceu. Ela se mexeu e virou, sua mente pensando em como seu programa de perda de peso transformaria a vida de seus clientes. Seus sonhos estavam repletos de visões de sucesso, como se seu negócio já tivesse se tornado uma sensação global.

Quando a luz da manhã atravessou as cortinas, Angélica saiu da cama, meio grogue, ainda se recuperando da excitação da noite anterior. Ela checou o telefone, ansiosa para ver como as coisas haviam progredido durante a noite. Mas o que ela encontrou não foi o elogio entusiasmado que esperava.

Enquanto ela folheava os comentários em seu site, seu coração afundou. A primeira revisão dizia: "Este plano de perda de peso é uma piada. Angélica, você errou dessa vez! Chegou outra avaliação: "Quero meu dinheiro de volta". Seu estômago embrulhava a cada novo comentário negativo. Não foi apenas um ou dois; havia dezenas, todos chamando seu programa de fraude, todos questionando sua integridade.

Angélica sentiu o peso da raiva e da decepção deles pressionando-a. Ela recostou-se na cadeira, olhando para a tela, incrédula. Ela sabia que seu plano funcionou. Ela havia investido tempo, esforço e cuidado nisso. Por que eles não conseguiam ver isso?

Ela suspirou profundamente e esfregou as têmporas, sua frustração aumentando. "Por que eles são tão rápidos em julgar?" ela murmurou baixinho. Após uma longa pausa, ela decidiu assumir o controle da situação. Em vez de permitir que as críticas negativas a derrubassem, ela responderia a elas com força e confiança. Ela digitou uma resposta rápida: "Desculpe, não há reembolso. Está comprovado que este plano funciona se você continuar a segui-lo. Continue e você não precisará de reembolso!

Lá. Isso deve funcionar, certo?

Mas mesmo enquanto ela digitava essas palavras, algo em seu íntimo lhe dizia que isso não seria suficiente. Ela precisava mostrar aos clientes que estava disposta a ir além. Ela precisava fazer algo mais para provar que seu programa era legítimo e que ela se importava com o sucesso deles.

Foi quando um pensamento lhe ocorreu. Norberto.

Angélica já conhecia Norbert há algum tempo. Ele era um cara quieto e despretensioso que sempre foi gentil com ela, embora ela nunca tivesse pensado muito nele além de suas interações ocasionais. Mas agora ela viu uma oportunidade. Norbert trabalhava com tecnologia o tempo todo e tinha acesso a contas e plataformas que poderiam ajudar a aumentar a credibilidade dela. Talvez ele pudesse ser o aliado que ela precisava para mudar as coisas.

Depois de alguns momentos vasculhando sua carteira, Angélica encontrou o endereço do apartamento de Norbert fora do campus. Sem perder mais tempo, ela pegou a jaqueta e saiu.

Ao entrar no complexo de apartamentos dele, ela não pôde deixar de notar os olhares dos vizinhos. Embora ela estivesse vestida casualmente – jeans, camiseta, sem maquiagem – sua presença parecia cativar todos por quem passava. Era uma sensação com a qual ela estava acostumada, mas desta vez era diferente. Os sussurros e olhares apenas alimentaram sua confiança. Ela tinha uma missão a cumprir.

Ela chegou à porta de Norbert e bateu. Quando a porta se abriu, ela foi saudada por uma visão que não esperava. Ali, parado na frente dela, estava Norbert. O rosto dele instantaneamente se iluminou, mas então, para surpresa dela, ele congelou. Sua boca estava aberta, seus olhos se arregalaram e, antes que ela pudesse dizer qualquer coisa, ele pareceu perder o equilíbrio e tropeçou para trás, caindo no chão.

Angélica piscou, um pouco surpresa. Ela não esperava esse tipo de reação, mas não pôde deixar de sorrir. Foi cativante, de certa forma. Ela entrou no apartamento, passando levemente por cima dele enquanto ele se recuperava.

"Uau, ah, Angélica, como estou honrado com a sua presença", gaguejou Norbert, ainda no chão, claramente perturbado. "Por favor, entre, senhora", acrescentou ele com um floreio, apontando para a sala de estar.

Angélica ergueu uma sobrancelha e entrou. Seus olhos examinaram o apartamento, absorvendo o caos. Cartazes cobriam as paredes, junto com estantes de livros e discos de vinil incompatíveis. A sala tinha um certo charme, mas estava claro que Norbert não tinha exatamente um talento especial para design de interiores.

"Norbert, seu apartamento é tão... uh, interessante," ela disse, seu tom brincalhão, mas educado.

Ele sorriu com orgulho. "Oh, você ainda não se deliciou com minha coleção mais valiosa", disse ele, apontando dramaticamente em direção a uma parede.

Os olhos de Angélica seguiram a mão dele e seu estômago embrulhou. Ali, emoldurado em toda a sua terrível glória, havia uma elaborada exibição de insetos. Cobriu quase toda a parede, com todos os tipos de insetos imagináveis – alguns deles vivos, outros preservados em caixas de vidro. Mas a peça central da coleção, a que mais atraiu seu olhar, era uma aranha enorme e realista, com pernas grossas e peludas e olhos negros brilhantes. Ela sentiu uma onda de náusea subir em seu peito.

Ela se virou rapidamente, tentando desviar o olhar daquela exibição horrível. "Por favor, sente-se aqui no sofá, longe dos insetos. Desculpe", disse Norbert, percebendo seu desconforto.

Angélica sentou-se no sofá, com o coração ainda acelerado ao ver a aranha. Ela respirou fundo, tentando se acalmar. Norbert, alheio ao desconforto dela, começou a falar com entusiasmo sobre sua coleção de insetos, recitando fatos e detalhes que ela não tinha interesse em ouvir.

"Os insetos são criaturas fascinantes da terra. Nem todo mundo os aprecia tanto quanto eu", continuou Norbert. "Você sabia que a segmentação deles consiste em cabeça, tórax e abdômen? A cabeça é envolvida por um epicárdio, que inclui as antenas, o ocelo e o aparelho bucal..."

"Tudo bem, tudo bem," ela interrompeu bruscamente, levantando a mão. "Não estou aqui para uma aula de ciências", disse ela, tentando interrompê-lo. Ela fez uma pausa, depois suavizou o tom, um leve sorriso brincando em seus lábios. "Norbert, preciso de um favor", disse ela, com a voz doce e persuasiva.

O rosto de Norbert imediatamente se iluminou, seu nervosismo desapareceu. "Qualquer coisa que você desejar, senhora," ele respondeu ansiosamente, com os olhos arregalados de antecipação.

"Preciso que você faça login em sua conta", ela começou, seu tom mudando para urgência. "Preciso escrever uma resenha elogiosa sobre meu programa de perda de peso, mas quero que pareça que veio de você."

Norbert pareceu surpreso. "Espere, você quer que eu..."

"Por favor", interrompeu Angélica, com a voz baixa e suplicante. "Eu preciso disso, Norberto. Minha reputação está em jogo. Eu sei que você pode me ajudar.

Ele piscou, claramente desconfortável com a ideia, mas seu desejo de agradá-la venceu. "Passe por aqui, senhora", disse ele, apontando para a porta de seu escritório.

Mal sabia Angélica, havia mais uma surpresa esperando por ela atrás daquela porta. Uma surpresa que mudaria tudo.

O VISITANTE INESPERADO

Angélica entrou no apartamento de Norbert sentindo um misto de determinação e nervosismo. Ela veio pedir um favor, que exigia que ela saísse de sua zona de conforto. Ela nunca tinha estado na casa dele antes e agora, sob aquelas circunstâncias estranhas, aquilo parecia estranhamente significativo. Assim que entrou, percebeu imediatamente a bagunça: livros empilhados nos cantos, discos de vinil espalhados pelo chão e pôsteres de artistas obscuros cobrindo as paredes. Foi tudo um pouco caótico, mas foi inegavelmente... Norbert.

"Belo lugar", disse Angélica, tentando mascarar o desconforto que sentia com a desordem.

Norbert, com um sorriso orgulhoso, gesticulou pela sala. "Você ainda não viu nada. Espere até ver minha coleção premiada.

Ela ergueu uma sobrancelha, sem saber ao que ele estava se referindo. "Coleção premiada?"

Com um brilho nos olhos, Norbert a conduziu para o lado esquerdo do apartamento, onde uma grande vitrine cobria uma parede inteira. Dentro havia espécimes emoldurados de insetos – aranhas, besouros, mariposas e outras criaturas que faziam a pele de Angélica arrepiar. Mas foi a peça central que realmente chamou sua atenção: uma tarântula enorme e realista, com pernas grossas e peludas e olhos ameaçadores quase saltando da moldura.

Angélica deu um passo para trás, sentindo uma onda de náusea. "Uh... impressionante," ela conseguiu dizer, tentando o seu melhor para esconder o pânico borbulhando dentro dela. A ideia daquela aranha gigante fez sua pele arrepiar.

Norbert riu do desconforto dela. "Eles são criaturas fascinantes. Cada um tem sua história, sabia? A forma como se movem, a forma como sobrevivem – é como se fossem o seu próprio mundinho."

Angélica não queria ouvir mais nada sobre sua tradição sobre insetos. Ela não conseguia nem olhar para a tela por mais um segundo. "Sim, vou ficar sentado aqui, longe dos... bichos rastejantes."

Norbert, aparentemente satisfeito com a reação dela, acenou com desdém. "Claro, claro. Deixe-me deixá-lo confortável. Afinal, você é um convidado.

Quando Angélica afundou no sofá, ela se forçou a respirar regularmente, com o coração ainda acelerado pelo choque dos insetos. Ela tinha que se concentrar. Ela veio por um motivo.

"Então, Norbert..." ela começou, tentando se livrar do desconforto persistente. "Eu preciso de um favor."

Ele se virou para ela com os olhos arregalados, ansioso por ajudar. "Qualquer coisa, Angélica. Você escolhe.

"Preciso que você faça login na sua conta para mim", disse ela, com a voz firme. "Preciso escrever uma resenha elogiosa sobre meu programa de perda de peso. Algo convincente, sabe? Preciso que pareça uma verdadeira história de sucesso."

A expressão de Norbert vacilou por um momento antes de ele dar um pequeno aceno de cabeça. "Eu posso fazer isso. Não há problema nenhum."

Angélica ficou aliviada. Ela passou horas trabalhando em seu plano de perda de peso, mas as críticas negativas estavam se acumulando. Sua credibilidade estava em jogo, e essa revisão poderia ser a única coisa que mudou as coisas. A ajuda de Norbert lhe daria a vantagem de que precisava.

"Obrigada", ela disse, sua voz mais suave agora. "Eu realmente aprecio isso."

Quando ela estava prestes a se instalar, algo inesperado aconteceu. Uma cabeça pequena e escamosa apareceu debaixo da almofada ao lado dela. Os olhos de Angélica se arregalaram. A cabeça era seguida por uma cauda longa e deslizante e pés palmados. A criatura – se é que se pode chamar assim – era um lagarto. Um lagarto muito grande, com olhos esbugalhados, que parecia examinar a sala, como um intruso.

O sangue de Angélica gelou. Sem pensar, ela gritou a plenos pulmões, um grito estridente que ecoou pelo apartamento. O lagarto saiu de debaixo da almofada e foi direto em direção a ela, sua longa cauda chicoteando o ar atrás dele.

Aterrorizada, Angélica levantou-se de um salto, cambaleando para trás em direção à porta. Seu coração disparou e sua respiração era curta e em pânico. Ela não conseguia desviar os olhos da criatura enquanto ela avançava, sua língua balançando como uma cobra. Ela nunca teve tanto medo em sua vida.

Ela irrompeu pela porta, batendo-a atrás de si enquanto saía para o corredor. Seu coração batia forte no peito e ela ainda tremia de adrenalina. Ela se encostou na porta, com as costas firmemente pressionadas contra ela enquanto tentava recuperar o fôlego.

Não foi apenas o lagarto que a aterrorizou – foi o fato de que ela não tinha ideia no que havia se metido ao vir aqui. Tudo parecia errado. O apartamento. A estranha obsessão de Norbert por insetos. E agora, um lagarto gigante. No que ela havia se metido?

Seus gritos atraíram a atenção. Vizinhos, alguns preocupados e outros simplesmente curiosos, começaram a invadir o corredor. Angélica tentou recuperar a compostura, mas seu corpo ainda tremia com o choque.

Um dos homens, uma figura alta e musculosa, vestindo uma jaqueta preta, óculos escuros e um bigode espesso, aproximou-se dela com um olhar astuto. "Ei, querido, qual é o problema? Por que você estava gritando daquele jeito?"

A voz dele era baixa e rouca, e o cheiro de álcool em seu hálito a atingiu imediatamente. Ela recuou, instintivamente levantando os braços para criar alguma distância entre eles.

"Cuide da sua vida", ela retrucou, seus olhos brilhando de irritação. A última coisa que ela precisava era de um estranho presumindo que ele poderia se aproximar dela agora.

O homem não pareceu desanimado com a resposta dela. Ele se aproximou, estreitando os olhos enquanto a avaliava. "Diga-me o que aconteceu, querido. Está tudo bem. Você não precisa ter medo."

"A razão pela qual gritei não é da sua conta!" ela disse bruscamente, sua voz cheia de frustração crescente.

O homem não recuou. Em vez disso, ele sorriu enquanto a olhava de cima a baixo. Seus óculos escuros escondiam seus olhos, mas Angélica podia sentir a intensidade de seu olhar. "Uma mulher como você", disse ele, com a voz cheia de condescendência, "com um cara como Norbert? Não faz sentido."

Ele parecia estar avaliando-a, imaginando o que poderia tê-la levado a gritar e sair correndo do apartamento de Norbert. Angélica podia sentir o calor subindo em seu peito. Ela não estava disposta a deixar um estranho pensar que sabia o que estava acontecendo.

Nesse momento, Norbert apareceu na porta, parecendo perplexo enquanto examinava a cena. O homem virou-se para olhar para ele e depois para Angélica.

"Algo não está certo aqui", ele murmurou, pegando o telefone. "Vou chamar a polícia. Eles vão descobrir o que aconteceu."

Os nervos de Angélica explodiram. Esta era a última coisa que ela precisava. Ela já estava lidando com a bagunça do seu plano de perda de peso, e agora, isso? De jeito nenhum ela iria deixá-lo escapar impune.

Ela pegou seu próprio telefone, seus dedos se movendo rapidamente enquanto falava, sua voz aumentando de raiva. "Escute, se eu quisesse chamar a polícia, já teria feito isso. E se eu quisesse ir embora, eu teria feito isso. Mas não se atreva a chamar a polícia.

Ela deu um passo à frente, os olhos brilhando. "Se a polícia vier, direi exatamente por que gritei. Foi porque esse homem", ela apontou para ele, "estava me assediando e, ah, sim, ele estava bebendo".

O homem congelou. Seu rosto ficou pálido por trás dos óculos escuros quando ele percebeu que a havia subestimado. Sem outra palavra, ele ergueu as mãos até a metade, como se fosse se render, e recuou.

Angélica lançou-lhe um último olhar, com olhos penetrantes e inflexíveis, antes de se virar e bater a porta atrás de si, trancando-a com segurança.

Norbert, parado na porta, bateu palmas lentamente. "Bravo", disse ele, sua voz cheia de admiração. "Devo dizer que foi uma exibição bastante impressionante. Mas tome cuidado com esse cara. Ele é um lutador profissional e não alguém com quem você queira mexer."

Angélica soltou um suspiro de alívio ao finalmente se sentir segura dentro do apartamento. Ela trancou a porta atrás de si e encostou-se nela, sentindo o peso do encontro cair sobre seus ombros.

"Obrigada por lidar com isso", disse ela, com a voz suave, mas sincera.

O rosto de Norbert mudou de preocupação para um sorriso travesso. "Sem problemas. Embora, devo admitir, me distraí. Esqueci de guardar a Srta. Lizzie. Ele fez uma pausa, um olhar envergonhado cruzando seu rosto. "Ela é o lagarto que você conheceu antes. Tive que deixá-la sair da jaula um pouco e, bem, ela… escapou.

O rosto de Angélica empalideceu ao perceber o que acabara de acontecer. "Você deixou um lagarto entrar no seu apartamento?!" Ela gemeu, sentindo uma mistura de descrença e frustração.

Norbert rapidamente se desculpou. "Sinto muito, Angélica. Ela está de volta à jaula agora e está tudo bem."

Angélica fez uma pausa, respirando fundo. Ela veio aqui por um favor, mas não tinha certeza se estava mais perturbada pela situação com Norbert ou pelo ridículo de tudo isso. Ela precisava manter o foco. Ainda havia negócios para resolver.

"Então", disse ela, forçando um sorriso, "vamos voltar ao assunto em questão. Sobre essa revisão…"

Uma receita para o desastre: uma nova revisão

Angélica voltou para o escritório de Norbert, com um leve sorriso aparecendo em seus lábios enquanto ela continuava de onde havia parado. O relógio na parede batia forte e seus dedos dançavam sobre o teclado, respondendo a uma série de avaliações recentes de clientes. Ela os leu com uma mistura de esperança e exaustão. Mas o último chamou sua atenção. Parando por um momento, ela pigarreou, preparando-se para compartilhar seus pensamentos.

"Norbert, venha aqui, preciso da sua opinião sobre uma coisa", ela chamou, olhando por cima do ombro em direção ao escritório dele.

Norbert apareceu logo, seu habitual sorriso peculiar suavizado pela curiosidade. Angélica ergueu o telefone e leu a crítica em voz alta, com a voz firme enquanto falava:

"'Não dê ouvidos a essas críticas negativas. Este plano funciona se você segui-lo. Segui e perdi 2 quilos imediatamente e nunca sinto fome. Obrigado, Angélica, pela única dieta que funcionou para mim.'"

Norbert deu de ombros com indiferença, seus lábios se curvando em diversão. "Sim, talvez eu pudesse pronunciar essas palavras se o meu objetivo fosse perder peso", disse ele com uma pequena risada. Ele fez uma pausa, deixando o silêncio persistir antes de acrescentar: "Agora, que tal você se sentar e relaxar enquanto eu preparo o jantar?"

Angélica ergueu uma sobrancelha, intrigada, mas um pouco cautelosa. Ela aprendeu com o tempo que os "planos para o jantar" de Norbert eram geralmente tão imprevisíveis quanto o próprio homem. Alguns momentos depois, Norbert saiu da cozinha, usando um chapéu de chef brilhante e um avental ridiculamente grande onde se lia "Chef Norbert: Mestre da Cozinha". Ele segurava uma bandeja com uma variedade de pratos que Angélica não conseguia categorizar.

"Boa noite, senhora. Para o seu prazer gastronômico, ofereço-lhe um copo gelado de Kool-Aid de limão, um prato quente e fumegante de SpaghettiOs, um grosso e saboroso sanduíche de mortadela fatiada com pão branco fresco e, para finalizar, uma tigela de deliciosa gelatina de limão.

Angélica piscou diante da bizarra coleção de comida, um leve sorriso aparecendo em seus lábios enquanto olhava para o prato. A refeição foi, em uma palavra, estranha – uma estranha combinação de alimentos reconfortantes infantis que não combinavam muito bem. Ela começou a rir do absurdo de tudo isso.

Norbert, no entanto, abaixou a cabeça, seu rosto ficando rosado enquanto olhava para o chão com vergonha. A risada de Angélica suavizou-se quando ela percebeu a dor nos olhos dele.

"Só não estou com fome, só isso", ela disse, seu tom mais gentil agora. "Talvez eu apenas beba o Kool-Aid."

Que irônico, ele refletiu. Ele sempre foi alvo de ridículo, mas neste momento foi Angélica quem se tornou alvo da piada de outra pessoa.

Ele suspirou profundamente, saindo da banheira e enxugando o rosto com as costas da mão. Ele olhou para seu reflexo no espelho, sua imagem borrada através do vidro embaçado. Suas excentricidades sempre foram motivo de zombaria, mas hoje ele percebeu que talvez precisasse ser mais do que apenas o palhaço do grupo. Afinal, ele era um homem de sabedoria. Ele herdou o conhecimento de seus antepassados e agora talvez fosse a hora de ele ser a voz da razão em seu mundo caótico.

Ele se endireitou, respirou fundo e penteou o cabelo com cuidado meticuloso. Ele jogou um pouco de colônia, sentindo uma sensação de urgência para se recompor. Enquanto se preparava para emergir, não pôde deixar de pensar no futuro de Angélica. As críticas que ela enfrentou podem doer agora, mas não foi o fim de sua jornada. Na verdade, isso pode ser apenas o começo.

A porta se abriu e Norbert reapareceu, com o rosto mais composto, embora um leve brilho de malícia ainda permanecesse em seus olhos.

"Desculpas por isso", disse ele, limpando a garganta. "Agora, vamos ver se conseguimos entender isso."

Angélica ergueu uma sobrancelha para ele, meio divertida, meio irritada. "Ok, ok, entendi. Meu plano era um pouco bobo", disse ela, erguendo as mãos fingindo se render. "Mas admito que funciona para mim quando estou com vontade de comer doces."

Norbert sorriu ironicamente. "Vamos pesquisar outras possibilidades. Juntos, encontraremos o caminho para a sua oportunidade de ouro." Ele fez uma pausa, seu tom se tornando mais sério. "Posso sugerir a criação de répteis? Ou talvez taxidermia de insetos?"

Angélica revirou os olhos, embora um sorriso aparecesse nos cantos de sua boca. "Muito engraçado, Norberto. Mas acho que vou continuar com meus esforços atuais por enquanto."

Norbert recostou-se na cadeira, com um sorriso satisfeito no rosto. "Parece um plano."

Angélica olhou para o relógio e percebeu que o tempo havia passado. "Ah, olhe a hora. Eu tenho que ir.

Ela pegou seu casaco e foi em direção à porta. Pouco antes de sair, ela gritou para o escritório de Norbert: "Boa viagem, Srta. Lizzie", um golpe brincalhão no caos do dia.

E com isso, Angélica se foi. Norbert ficou sentado em silêncio, pensando no caminho estranho e sinuoso que os trouxera até ali. Não havia como saber o que o futuro reservava, mas uma coisa era certa: o que quer que viesse a seguir, eles enfrentariam juntos.

Um desejo ao céu noturno

Enquanto Norbert permanecia no ar fresco da noite, uma mistura de excitação e incerteza girava dentro dele. A noite se desenrolou da maneira mais inesperada. O que começou como uma reunião comum floresceu em algo muito mais profundo, algo mais comovente do que ele imaginava. Ele acompanhou Angélica até o carro dela e agora eles estavam juntos ao lado de seu Cavalier branco, o brilho suave da lua lançando uma luz quase etérea sobre suas feições.

Os olhos dela, brilhando como estrelas gêmeas, sustentaram o olhar dele e, por um momento, o tempo pareceu desacelerar. Ela estava linda – radiante, quase irreal, ali sob o vasto céu. Norbert ficou cativado pela forma como o luar dançava em seus cabelos, pela maneira como seus lábios se abriam ligeiramente enquanto ela falava. A beleza dela o impressionou e, por um momento fugaz, foi como se o universo inteiro tivesse parado para testemunhar essa delicada interação.

Ele engoliu em seco, seu coração disparado enquanto permanecia congelado no lugar. Foi necessária toda a sua coragem para dar um pequeno passo mais perto dela, avançando lentamente, atraído por sua presença como uma mariposa pela chama. Cada passo parecia levá-lo mais fundo em um sonho, seus sentidos aguçados enquanto inalava a doce fragrância do perfume dela, uma mistura inebriante que permanecia no ar.

O coração de Norbert batia forte em seu peito, o som quase ensurdecedor em seus ouvidos. A torrente de emoções – a adoração, o desejo, o puro espanto – inundou seus sentidos, enviando uma onda vertiginosa de euforia por seu corpo. Suas pernas pareciam fracas e sua visão turva. Era como se o mundo ao seu redor tivesse desaparecido, deixando apenas Angélica ali parada, sua figura luminosa o ponto focal de toda a sua existência.

Mas então, tão rapidamente quanto a magia tomou conta dele, ela foi destruída. Angélica estendeu a mão para a porta do carro, o clique suave da maçaneta trouxe Norbert de volta à realidade. Ela estava indo embora. Ela estava indo embora. Seu coração afundou, uma pontada aguda de decepção se instalou profundamente em seu peito.

"Boa noite", ela disse, sua voz quente, mas definitiva. O som da porta fechando atrás dela ecoou na mente de Norbert enquanto ela girava a chave na ignição. Ela foi embora sem olhar duas vezes, sua silhueta desaparecendo na distância.

Ele ficou ali, enraizado no lugar, incapaz de se mover, sua mente fervilhando de pensamentos que ele não conseguia compreender. Ele observou enquanto o carro dela desaparecia na noite, um leve rastro de luzes traseiras desaparecendo na escuridão. O silêncio ao seu redor parecia pesado, o vazio palpável enquanto ele estava ali sozinho, com o coração doendo com as palavras não ditas.

Norbert virou-se lentamente e voltou para seu apartamento, a brisa fresca roçando seu rosto, mas pouco fez para aliviar a tempestade que se formava dentro dele. Ele precisava de um momento para si mesmo, um momento para organizar seus pensamentos, então sentou-se nos degraus da frente de seu prédio, olhando para a noite.

As estrelas acima brilhavam intensamente, seu brilho distante oferecendo uma sensação de conforto em meio ao silêncio. O ar estava parado, exceto pelo farfalhar ocasional das folhas das árvores. Norbert suspirou profundamente, deixando a tranquilidade da noite tomar conta dele, mas seus pensamentos permaneceram fixos em Angélica. Ela estava sempre em sua mente, não importa o quanto ele tentasse se distrair.

Ele olhou para o céu, buscando consolo na vastidão do universo. A lua cheia pairava no alto, sua luz prateada banhando o mundo com um brilho suave e sobrenatural. Ele não pôde deixar de sentir um anseio profundo, uma necessidade quase desesperada de algo mais. Ele desejava, mais do que tudo, que Angélica o visse como mais do que apenas um amigo, mais do que o homem desajeitado e desajeitado que ele muitas vezes se considerava.

Ele respirou fundo, seus olhos fixos na estrela mais brilhante do céu. Com uma voz cheia de esperança silenciosa, ele sussurrou na noite: "Estrela brilhante, luz das estrelas, por favor, ajude-a a me ver como o homem que realmente sou. Ajude-a a ver além do constrangimento, além da incerteza. Ajude-a a me ver como mais do que um amigo."

Suas palavras ficaram suspensas no ar por um momento, seu coração ficou exposto diante do universo. Foi pedir muito? Para ser visto, verdadeiramente visto, pela pessoa que ele era por dentro? Ser amado por quem ele era, e não apenas pela fachada que apresentava ao mundo? Ele não sabia, mas o desejo ardia dentro dele, um lampejo de esperança na escuridão.

Enquanto ele estava ali sentado, perdido em pensamentos, um som familiar rompeu o silêncio: o motor de um carro, fraco, mas cada vez mais alto. Seu coração disparou enquanto ele forçava os olhos em direção ao estacionamento. Poderia ser? Foi possível?

E então, tal como esperava, um carro branco dobrou a esquina, os faróis iluminando a noite. Seu pulso acelerou quando ele percebeu que era Angélica. Ela estava de volta. Ela havia esquecido alguma coisa? Ela veio para se despedir adequadamente, para esclarecer as coisas, para oferecer-lhe alguma aparência de encerramento?

A respiração de Norbert ficou presa na garganta quando o carro de Angélica diminuiu a velocidade até parar, o zumbido suave do motor parou quando ela abaixou a janela. Seu cabelo estava solto, flutuando na brisa, e ela parecia linda sem esforço, mesmo na penumbra da noite. O coração de Norbert disparou enquanto ele se levantava, suas pernas tremendo levemente enquanto ele dava um passo em direção ao carro dela.

Angélica lhe lançou um sorriso e, antes que Norbert pudesse falar, ela levou a mão aos lábios e lhe soprou um beijo, num movimento gracioso e brincalhão. O beijo pareceu permanecer no ar entre eles, um símbolo de algo mais – algo terno, algo que ele não conseguia entender, mas desejava desesperadamente entender.

E assim, ela se foi novamente. O carro dela avançou, o ronronar suave do motor à medida que ganhava velocidade encheu os ouvidos de Norbert enquanto ela se afastava, desta vez para sempre. Ele ficou ali, congelado no lugar, a sensação persistente do beijo dela ainda quente em sua bochecha. Ele tocou o local onde imaginava que o objeto havia caído, um calor suave que pareceu penetrar em sua pele.

Por um longo momento, ele ficou ali, olhando para o carro dela enquanto ele desaparecia na distância. Ele não sabia o que pensar disso – se era um sinal, um gesto fugaz ou simplesmente uma coincidência. Mas naquele momento tudo o que ele pôde fazer foi saborear a sensação de ter sido visto, mesmo que apenas por um momento.

Ele voltou para seu apartamento, sua mente fervilhando de pensamentos conflitantes. Isso foi apenas um sonho? Ele estava lendo muito sobre isso? Ou Angélica, de alguma forma, sentiu a mesma conexão que ele? Norbert não sabia, mas não conseguia afastar a sensação de que esta noite tinha sido diferente. Esta noite, algo mudou, algo mudou.

Ao entrar em seu apartamento, ele sentiu uma sensação de antecipação silenciosa tomar conta dele. A noite foi cheia de perguntas, cheia de incertezas, mas também cheia de possibilidades. O futuro, por mais incerto que fosse, parecia um pouco mais brilhante. E pela primeira vez em muito tempo, Norbert permitiu-se ter esperança.

Talvez, apenas talvez, o universo estivesse se alinhando a seu favor. Talvez Angélica o visse como ele realmente era - não apenas o homem estranho que ele sempre sentia, mas alguém digno de seu afeto, alguém que pudesse ficar ao lado dela como mais do que apenas um amigo.

Ao sentar-se em seu apartamento, olhando as estrelas pela janela, ele não pôde deixar de se perguntar o que o futuro reservava. Seu desejo algum dia se tornaria realidade? Angélica algum dia o veria do jeito que ele a via? Ele não sabia, mas pela primeira vez em muito tempo, estava disposto a esperar e ver o que as estrelas lhe reservavam.

E quando ele fechou os olhos, um sorriso suave apareceu nos cantos de seus lábios. Ele se sentiu mais leve de alguma forma, como se o peso de seu desejo tivesse sido aliviado um pouco. Esta noite tinha sido um passo em frente, mesmo que fosse pequeno. E isso foi o suficiente para ele.

A calma na tempestade

Norbert entrou na sala de estar, um lugar que ele sempre soube ser cheio de calor e energia, mas esta noite parecia diferente. A vibração habitual da sala parecia ter se dissipado, substituída por uma sensação avassaladora de silêncio que ecoava pelas paredes. Na penumbra da noite, ele avistou Angélica sentada no sofá. Sua postura era curvada, os ombros caídos para a frente de uma forma que ele nunca tinha visto antes. Os olhos azuis, antes brilhantes e vivos, que sempre carregaram um brilho travesso, agora estavam opacos, perdidos nas profundezas da tela do telefone. Era como se a vida que sempre a animou estivesse lentamente se esvaindo.

A visão da vulnerabilidade dela, algo que ele nunca tinha testemunhado antes, atingiu Norbert profundamente. Ele sempre conheceu Angélica como uma mulher confiante e obstinada que nunca deixava nada atrapalhar seu passo. Mas agora, neste momento, ela parecia frágil – como uma delicada borboleta apanhada numa tempestade. O peso do que quer que estivesse em sua mente a deixou visivelmente desgastada, e uma necessidade profunda e inexplicável de confortá-la tomou conta dele.

Norbert respirou fundo, acalmando a voz interior que o impelia a recuar. Ele sabia que agora, mais do que nunca, precisava ser forte – por ela. Movendo-se com determinação, ele deu um passo em direção ao sofá e sentou-se ao lado dela. Foi um pequeno gesto, mas que o aproximou dela como nunca antes. A distância entre eles pareceu diminuir, mas a tensão no ar era palpável.

Por um momento, nenhum deles falou. Angélica continuou olhando para o telefone, os dedos percorrendo preguiçosamente algo que parecia não ter nenhum significado real. Norbert podia ver o leve brilho das lágrimas se acumulando nos cantos dos olhos dela, mas ela não fez nenhum esforço para enxugá-las. Em vez disso, eles deslizaram por sua bochecha, um testemunho tácito da dor que ela sentia por dentro. Doeu-lhe vê-la assim.

"Obrigada por toda a sua ajuda", ela murmurou baixinho, com a voz trêmula, enquanto outra lágrima descia por seu rosto. As palavras eram suaves, quase como se ela estivesse se desculpando por algo que não havia dito antes. Ela não olhou para ele, mas ele podia sentir o peso da gratidão dela em sua voz.

"É um prazer, a qualquer hora", Norbert respondeu gentilmente, sua voz quase um sussurro. Foi uma resposta simples, mas era a verdade. Ele faria qualquer coisa por ela, não importando as circunstâncias.

Os dois ficaram em silêncio depois disso, o único som que preenchia o espaço eram as notas suaves e melancólicas da música clássica tocando ao fundo. Era um som pacífico, mas parecia apenas sublinhar a tristeza que pairava no ar. Norbert observou as mãos de Angélica tremerem ligeiramente em seu colo, seu olhar desfocado. Ele ansiava por dizer algo mais, algo para aliviar o peso da tristeza dela, mas não conseguia encontrar as palavras certas. Era uma sensação estranha estar na mesma sala com alguém e ainda assim sentir como se houvesse uma distância vasta e intransponível entre eles.

Finalmente, Angélica quebrou o silêncio, sua voz quase um sussurro enquanto enxugava as lágrimas restantes. "O que você realmente acha que eu deveria fazer?" ela perguntou, seu tom cheio de uma incerteza que era tão diferente de sua confiança habitual. Não havia sarcasmo, nem arestas em suas palavras — apenas vulnerabilidade crua. "Não sei mais se consigo fazer isso. Parece que tudo está desmoronando."

A pergunta dela pairou no ar como um fio frágil, esperando que alguém o puxasse. Norbert sentiu o peso disso pressionando-o. Não se tratava mais de oferecer conforto ou um ombro para chorar; tratava-se de dar-lhe clareza, oferecer-lhe a orientação de que precisava para seguir em frente. Ele limpou a garganta antes de responder, sua voz firme, mas gentil.

"Minha opinião sincera sobre o assunto seria honrar o pedido de reembolso", disse ele, em tom calmo, mas firme. "Peça desculpas pela falta de comunicação e eles entenderão. Eles não são do tipo que guarda rancor por causa de um erro." Ele fez uma pausa, dando-lhe um momento para absorver suas palavras. "Você sempre foi alguém que exige perfeição, mas às vezes o melhor a fazer é reconhecer quando as coisas não saíram como planejado e assumir a responsabilidade. Faz parte do processo."

Angélica ficou quieta por um momento, os olhos fixos no telefone mais uma vez, como se o aparelho pudesse lhe oferecer alguma forma de clareza. Lentamente, ela assentiu, mas o movimento parecia hesitante, como se ela estivesse lutando para tomar uma decisão. "Sim, você está certo. Eu só... eu queria tanto ter sucesso. Eu queria que isso fosse a única coisa que finalmente desse certo." Ela exalou bruscamente, um suspiro pesado que parecia carregar todo o peso de sua frustração. "Trabalhei tanto para isso e, ainda assim, parece que está escorregando pelos meus dedos."

Norbert podia ver a dor em seus olhos – a exaustão, o desejo implacável de provar seu valor. Ele entendia esse sentimento muito bem. "Sim, mas todo o processo de desenvolvimento de um novo produto ou ideia envolve resistência e persistência", explicou ele suavemente, inclinando-se um pouco, como que para transmitir sua sinceridade. "Não é algo que pode ser apressado. Em primeiro lugar, trata-se de definir metas claras e explorar seu mercado-alvo. Tudo isso leva tempo. Você não pode esperar que tudo se concretize em questão de dias. É um processo de longo prazo. compromisso, Angélica."

Ela soltou uma pequena risada, embora fosse desprovida de humor. "Sim, admito que estou acostumado a conseguir o que quero, quando quero. Chame-me de impulsivo." Ela se virou para olhar para ele, com os olhos ainda carregados de emoção, mas houve um lampejo de outra coisa – um lampejo de autoconsciência.

Norbert sorriu levemente com sua admissão. "Eu não diria impulsivo. Eu diria motivado. Mas as pessoas motivadas às vezes esquecem que nem todos os objetivos podem ser alcançados na velocidade de sua própria vontade." Ele se recostou no sofá, seu olhar suavizando. "Não há problema em desacelerar, para ter espaço para aprender e crescer com essas experiências."

Por um momento, Angélica ficou em silêncio, refletindo sobre as palavras dele. Ele podia ver a luta interna acontecendo em sua expressão. E então, em voz baixa, ela perguntou: "Você realmente acha que terei outra chance? Que eles vão entender?"

Norbert assentiu de forma tranquilizadora. "Claro. Os erros fazem parte da jornada. E se alguém entende o valor das segundas chances, é você. Você construiu algo notável e isso não pode desaparecer da noite para o dia. Dê um passo de cada vez."

Angélica piscou, como se estivesse processando o conselho dele, e então fez um pequeno aceno de cabeça em concordância. Havia agora uma sensação de alívio em sua postura, uma suavização da tensão que a dominava antes. As lágrimas ainda estavam lá, mas pareciam menos avassaladoras, menos sufocantes. Foi como se as palavras dele tivessem começado a tirar um peso dos ombros dela.

Seguiu-se uma pausa tranquila, preenchida apenas pela música de fundo e pelo som da respiração deles. Mas Norbert não pôde deixar de acrescentar, com um sorriso provocador: "E, se assim posso dizer, talvez da próxima vez você escolha um plano de perda de peso que não envolva causar náuseas nas pessoas".

Os olhos de Angélica se arregalaram de surpresa e, por um breve momento, ela esqueceu suas preocupações, seus lábios se curvando em um meio sorriso. "Sério, você tentaria?" ela perguntou, incrédula. Ela ergueu uma sobrancelha, claramente divertida com a sugestão dele.

Norbert sorriu, o brilho brincalhão voltando aos seus olhos. "Certamente, algum dia", disse ele encolhendo os ombros, embora não pudesse deixar de rir baixinho do absurdo de tudo isso. "Mas eu gostaria de ver um pouco mais de evidências antes de mergulhar. Talvez alguns depoimentos, talvez?"

Angélica riu, um som leve e despreocupado, e pela primeira vez naquela noite, Norbert sentiu a tensão entre eles diminuir completamente. Naquele momento, parecia que o mundo havia mudado, mesmo que apenas ligeiramente, mas o suficiente para permitir uma breve pausa no peso da conversa.

À medida que a noite avançava, Norbert permaneceu ao lado de Angélica, oferecendo-lhe companhia tranquila e piadas ocasionais para aliviar o clima. Embora ainda tivessem um longo caminho a percorrer para enfrentar os desafios que tinham pela frente, havia algo nesse momento que parecia fundamental. Era como se, apesar de tudo, eles tivessem encontrado uma maneira de se reconectarem – não apenas como colegas ou amigos, mas como duas pessoas que compartilharam um momento vulnerável e honesto juntas.

Eventualmente, enquanto a música continuava a tocar suavemente ao fundo, os dois se estabeleceram em um silêncio confortável. E embora Norbert não soubesse o que o futuro reservava para Angélica, ele tinha certeza de uma coisa: ela não estava sozinha. Não mais.

O FIM

As edições e o layout desta versão impressa são protegidos por Copyright © 2024
Por Almeyda Fernández

Milton Keynes UK
Ingram Content Group UK Ltd.
UKHW021014291124
451807UK00015B/1247